瑞恩的团队合作
Ryan Teams Up

合作 | cooperation

[澳]肯·斯皮尔曼/著 [新加坡]陈俊强/绘 彭安琪/译

四川科学技术出版社

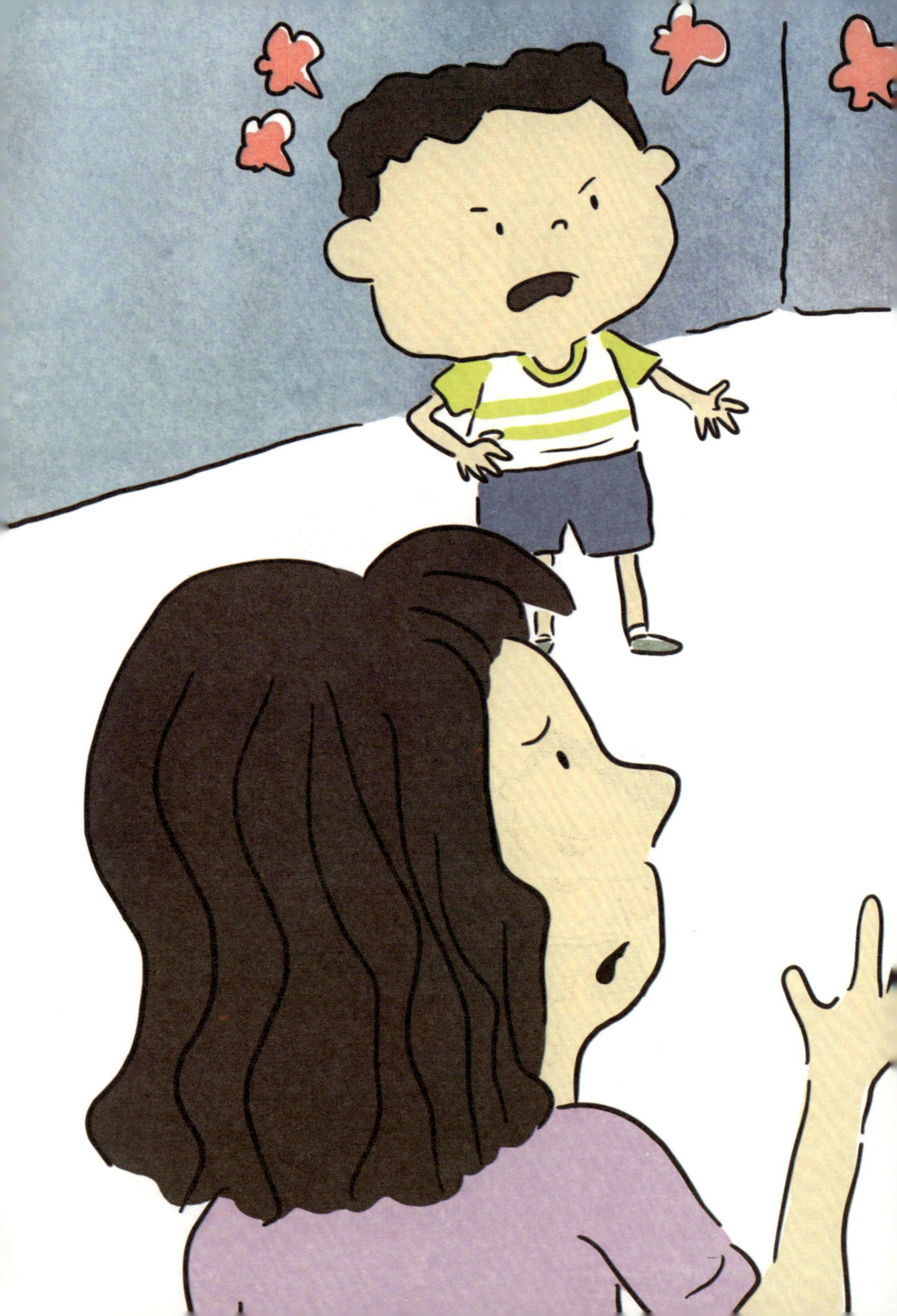

第一章

"拜托,你们俩能不能别吵了?"

尽管妈妈很生气,但她的声音听起来很疲惫。瑞恩并不想惹妈妈生气,但是安吉莉总是那么烦人!

"妈妈,"安吉莉说,"我讨厌瑞恩。弟弟什么的最讨厌了。为什么你们不能只生我一个呢?"

暑假才过了两天，瑞恩就受不了了。

对瑞恩来说，假期意味着看新的电影，享受跟妈妈一起出游，还有邀请朋友来家里过夜。

但是这些事情都没戏了——一切都是因为妈妈在楼梯上摔了一跤，受了伤。

妈妈的手臂吊着绷带,腿上裹着夹板,很难继续做家务,保持屋子干净整洁。让她觉得更难的是——让瑞恩和安吉莉和睦相处。

不论瑞恩做什么,安吉莉都会鸡蛋里挑骨头。当安吉莉发牢骚时,瑞恩就会出口大骂。紧接着,安吉莉就会吐舌头或者做出其他负气的举动。当安吉莉发脾气的时候,她可真是气势汹汹。

成天跟安吉莉关在一起,还要做妈妈分配给他们的家务,这对瑞恩来说简直是噩梦。

他不想跟安吉莉争吵,也不想妈妈因脚伤被困在家里,连上厕所都要挂着拐杖。

但是他能怎么办呢？妈妈要几个星期才能康复，而且他们请不起保姆。

夹在安吉莉、没精打采的妈妈和一堆要做的家务中间，瑞恩觉得自己快疯了！

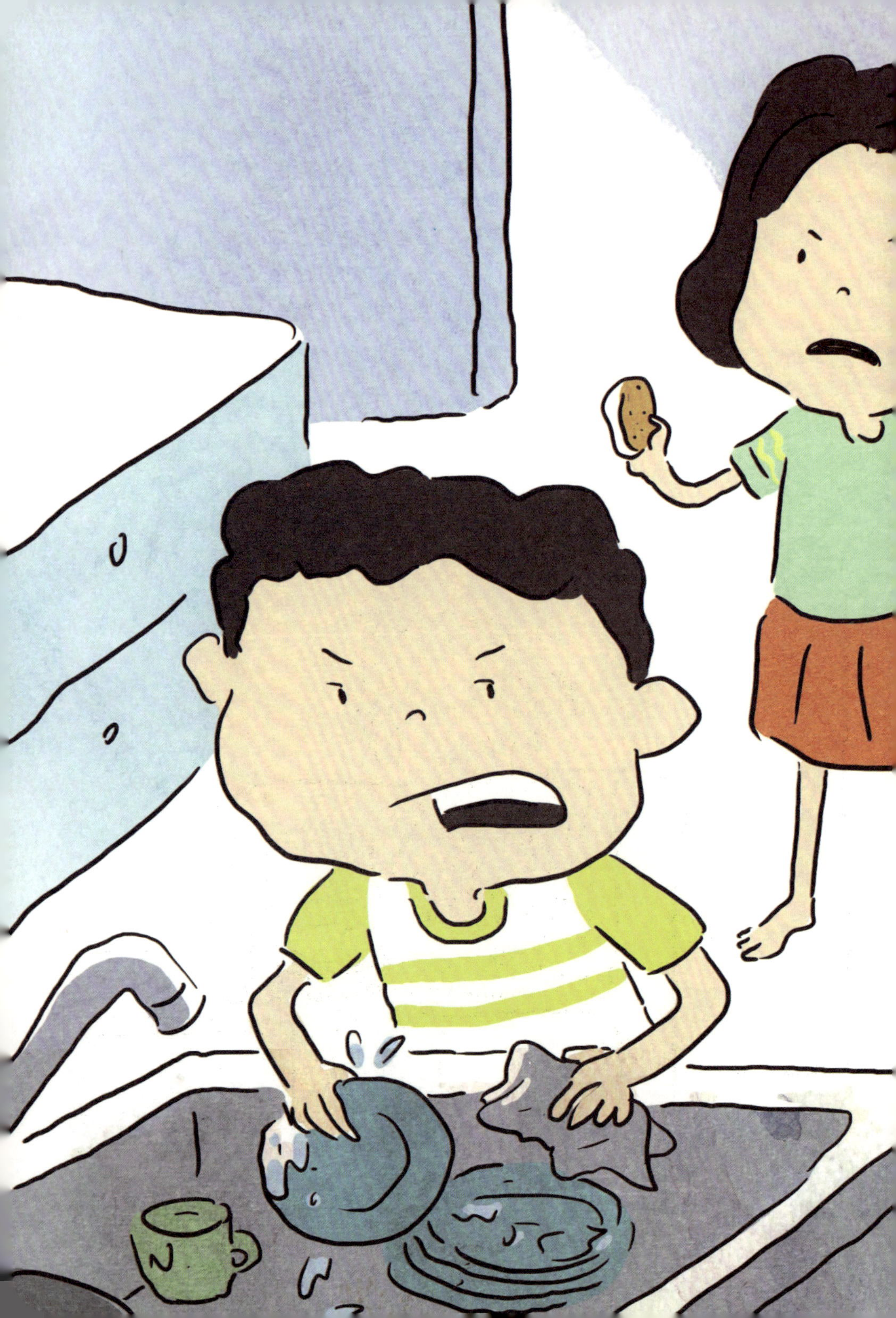

第二章

瑞恩想,安吉莉的问题在于她总想纠正别人。

"走开,"他对安吉莉说,"妈妈要我自己洗碗。"

"但是我刚刚跟你说了,她是用这个洗的,而且她……"

"妈妈——"瑞恩喊道,"安吉莉说我洗碗洗得不对。"

安吉莉瞪着瑞恩。他们都等待着妈妈的回答。

终于,妈妈发话了:"你们俩都过来。"

妈妈的脚支撑在沙发上,她的笔记本电脑开着。"坐下。"她说,"我想我们需要谈谈。"

"妈妈,我快要被安吉莉烦死了。"瑞恩嘟囔着。

"但是妈妈,"安吉莉说,"他把我说的话统统当成耳边风,而且……"

"别吵了,"妈妈打断他们,"现在就给我停下来。"

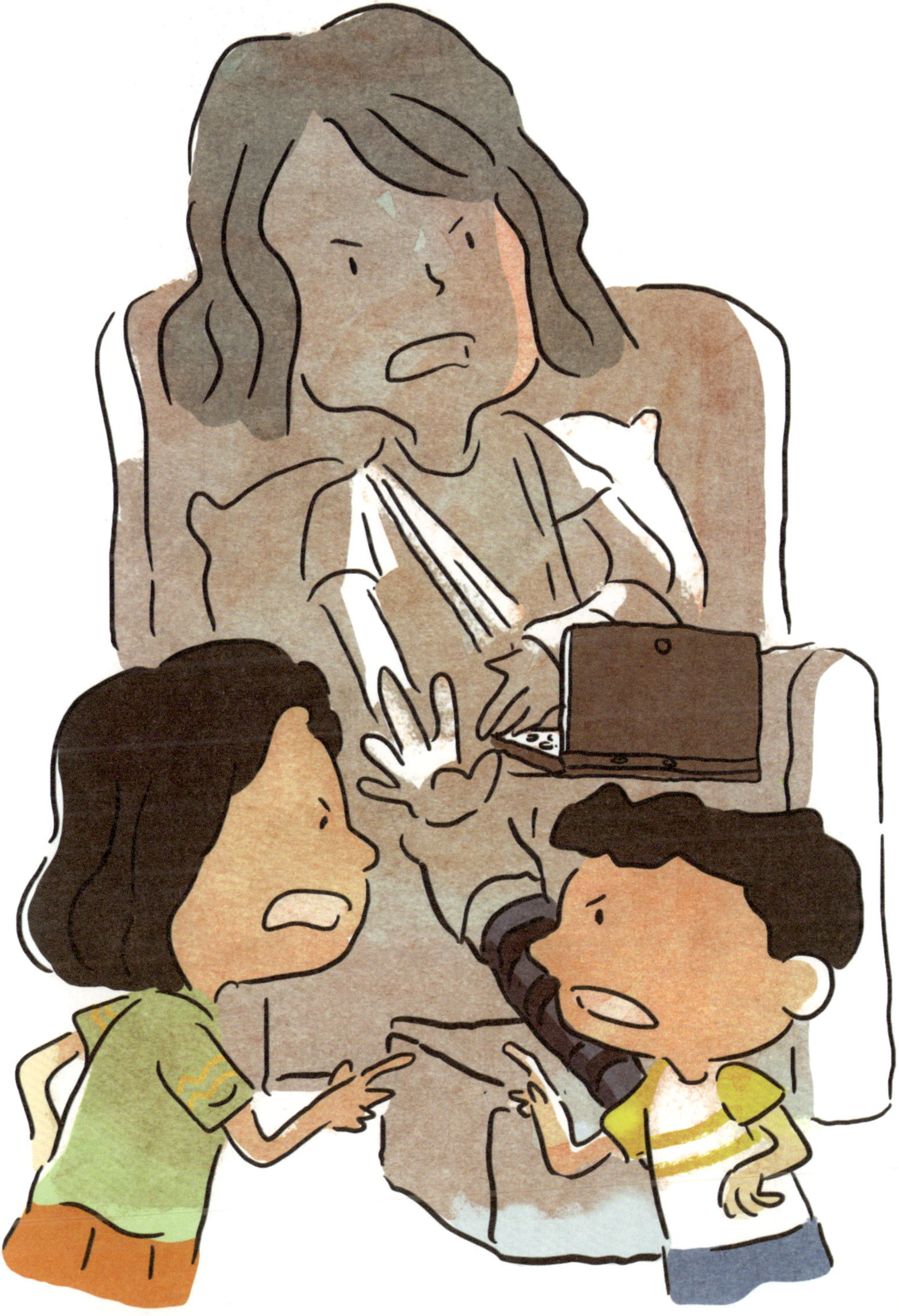

妈妈把电脑放到一边,电脑的重量压在她没有受伤的那只手上。她垂着眼睛,似乎在考虑应该说什么。

瑞恩想,她肯定要批评他们一顿。然而他错了。

"我知道你们过得不怎么开心,"妈妈说,"我真的对此感到很抱歉。这大概是你

们过得最糟糕的假期了。"

妈妈停顿了一下,叹了口气:"当然,我也过得不怎么开心。"

"但是瑞恩一点儿用也没有。"安吉莉抱怨道。

妈妈皱起眉头:"我跟你说过,别吵了。"

安吉莉噘起嘴,瑞恩一肚子气。"看到了吧,妈妈?"瑞恩说,"她总是……"

"我说过,别吵了!"妈妈看起来快要哭了。

瑞恩希望自己变得像蚂蚁那样小,好钻到沙发底下去。

"听着,"妈妈有气无力地说,"这对我们来说都不容易。但是如果你们俩继续争吵,情况会更加恶化。安吉莉,我知道,当你督促瑞恩,告诉我他的情况时,你是想帮忙。可瑞恩也是想帮忙啊!只有当你们俩决心相互体谅的时候,我们一家人才会其乐融融。"

"但是，妈妈——"

"拜托了，安吉莉。你可以做到的——我知道你可以。你也可以，瑞恩。实际上，有时候你好像是故意惹恼你姐姐。你们为什么不相互帮助呢？那样做起事情来会快得多。你们可以相互鼓励，而不是相互挑剔。你们可以改变跟对方说话的方式。孩子们，我现在真的需要你们团结合作。"

瑞恩咬着指尖一小块儿松弛的皮肤。

很难想象安吉莉对他友好的样子。还有，他怎么才能改变自己说话的方式呢？

一滴眼泪从妈妈的脸颊上落下来。瑞恩把目光从她脸庞上移开，却看到她腿上的夹板和骨折的手腕。

他知道，他必须试一试。

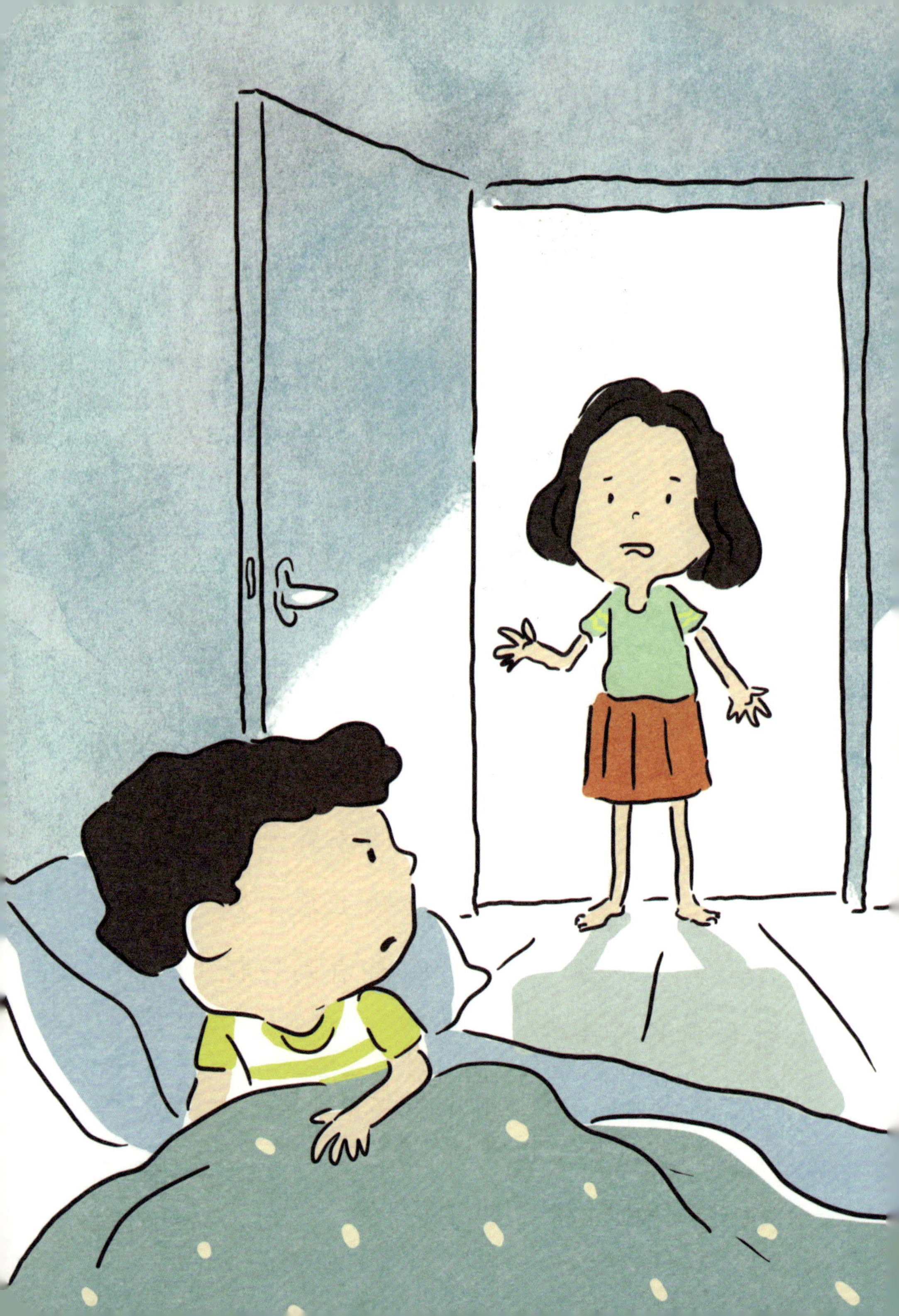

第三章

瑞恩和安吉莉整天都在相互躲避，好像他们都默认这是让妈妈开心的唯一方法。

但是一天晚上，就在瑞恩即将关灯的时候，安吉莉来到他的房间。

"我一直在考虑妈妈说的话，"她说，"我们来制订一个计划吧。"

瑞恩情不自禁地怀疑起来。他已经记不清安吉莉骗过他多少次了。

她看出了他的疑惑。

"这一切都是为了妈妈。她值得我们这样做，对吧？"

没等瑞恩回答，安吉莉继续说道：

"快开始吧，我们来制定一些规则。你先说。"

没过多久，瑞恩就想出了一个建议。

"好吧。"他说，"如果你不烦我，我也不会烦你。"

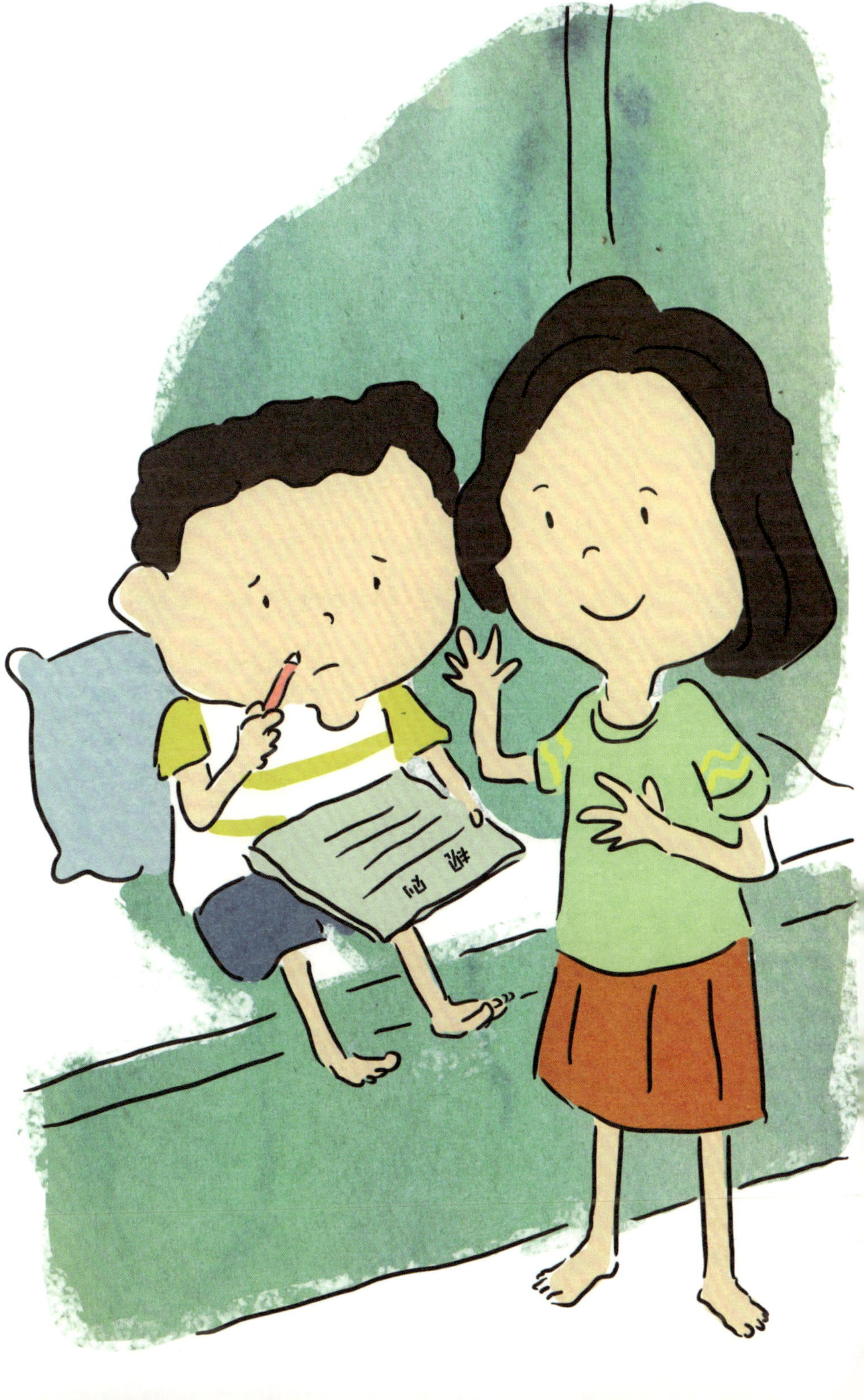

"如果你有什么需要帮忙的事呢?"安吉莉问道。

"为什么是我!你自己呢?"一说出口瑞恩就制止了自己。"好吧,如果需要的话,我们都可以寻求帮助。"

"你比我小,"安吉莉说,"但是可以——就这样吧。如果有必要的话,我们可以相互帮助。"

对瑞恩来说，谈话似乎结束了。

但是安吉莉依然坐在他床上，她陷入了沉思。

瑞恩想象着有一个小齿轮在她脑袋里转啊转的。

"要不这样吧?"安吉莉突然说道,"我们只可以说礼貌和友善的话。如果我们做不到,就必须保持安静。"

瑞恩觉得,她会比他更难做到这一点。

"好——好吧。"他说。

"还有别的吗?"安吉莉问道。

忽然,瑞恩有了一个主意。

"我们可以每天早上去问妈妈有什么事情需要做,把这些事情写下来……"

"然后一人做一半。"安吉莉打断道,"那样,我们就只需要一项项把它们做完,不需要再麻烦她了。"

"我知道,我是个天才。"瑞恩笑道。

"我可不会扯这么远。"安吉莉对他说,"我们从明天开始,怎么样?"

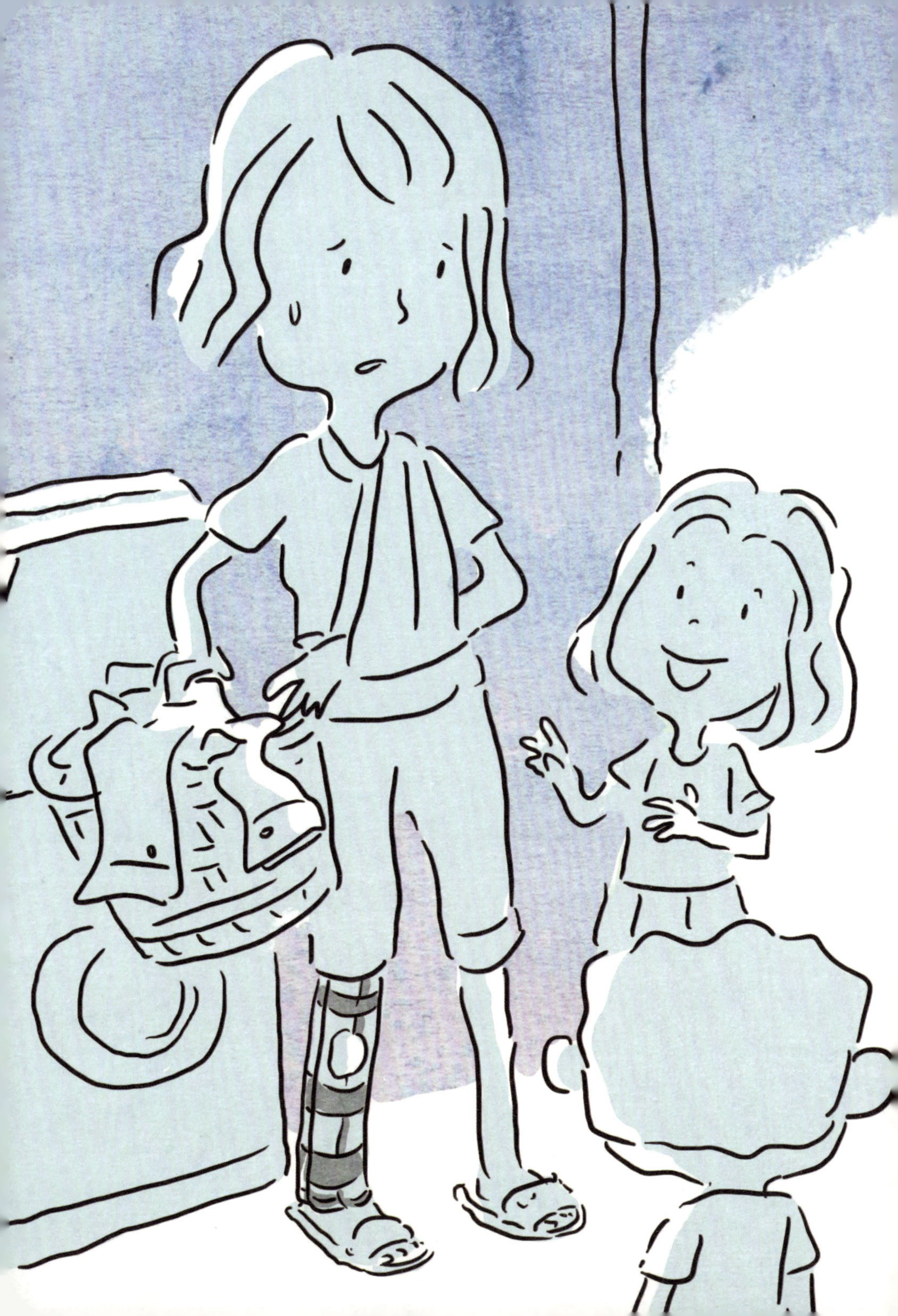

第四章

第二天早上,安吉莉和瑞恩便来找妈妈。妈妈惊奇地看着他们。

她用一只手把衣服倒进洗衣机,身体靠在墙上尽力保持平衡。哪怕是太阳从西边出来了,她都不会这么惊讶。

"喔,听起来很棒!"

妈妈一瘸一拐地走进客厅坐下来。瑞恩和安吉莉跟在她身后。

"知道你们讨论过这个问题就已经让我很开心了。"妈妈称赞道,"能有你们这样的乖孩子,我真是幸运。"

安吉莉取来几张纸和一支笔,然后妈妈给他们列出了一天的任务。

要收拾东西，要掸灰，还要吸尘。

床单需要更换，等洗衣机停了的时候，还要把衣服晾起来。

他们还可以帮忙准备晚餐。当妈妈说只有安吉莉可以用快刀的时候，瑞恩有点儿生气，但是马上想到保持安静的那条规则。

瑞恩抽到的家务之一是换床单。他之前换过自己房间的床单，没有任何问题。但是他发现，把一条床单套在特大号双人床垫上完全是另一码事。

每当他拉好一个床角的时候，对面的床角就会露出来。

"安——吉——莉——"他大喊。

"没必要大喊大叫的,"安吉莉出现在门口,"我耳朵不聋!"

瑞恩差点儿又要她走开了。"这话友善吗?"他问道。

安吉莉咧嘴一笑:"不大友善,但是我在努力。"

他们齐心协力,很快就把床单铺好了。

之后瑞恩帮助安吉莉整理了文件，自从妈妈受伤后它们就不断在桌上堆积。

他把各种账单根据付款期限放好，看到这么多他想都没想过的开销，他感到震惊。这使他更想帮助妈妈了。

到了吃晚饭的时间，清单上的所有事情都做完了。

尽管他们做了很多家务，但是瑞恩还是抽出了时间练钢琴、打游戏，还看了一部电影。

"你们知道今天最棒的事情是什么吗？"妈妈问他们。

"我们完成了所有任务。"瑞恩说。

"没错儿——但是真正最棒的事情是，我没有听到你们俩吵架。"

有一些家务每天都需要处理。而大扫除，像是清扫卫生间和浴室则只是偶尔进行。随着假期一天天过去，瑞恩和安吉莉逐渐适应了他们的生活节奏。他们共同分担家务，并且努力克制自己的坏情绪。

现在,每当安吉莉向瑞恩吐舌头的时候,他只是会翻一下白眼,然后他们又继续玩闹。

妈妈的腿逐渐好起来了。尽管她的左臂还是吊着绷带,但是她可以放开拐杖四处走动了。

在瑞恩和安吉莉回学校的前一天,妈妈给了他们额外的零花钱作为奖励。

"你们不会忘记这个假期,对吧?我是不会的——你们帮了我很大忙!"

"妈妈,这没什么,你应该放松一下。"安吉莉说。

"不过不是这种放松!"瑞恩指着妈妈的手臂笑着说。

大家一起来讨论

1. 你和你的兄弟姐妹或者朋友相处得好吗？你是怎么与他们相处融洽的？

2. 你是否期待过什么，但是后来因为没有实现而感到失望？你当时是什么反应？

3. 刚开始时，安吉莉和瑞恩是怎样分别试图帮助妈妈的？

4. 尽管孩子们想要帮上妈妈，但是他们相处得很糟糕。为了让他们改善关系，妈妈给了他们两个建议，分别是什么？

5. 为了和睦相处，也为了帮妈妈，两个孩子达成了三项规则。这些规则是什么？

6. 当瑞恩发现，一个人把一条床单套在特大号双人床垫上很难的时候，他做了什么？比起他单独处理好这件事而言，这可能是更好的解决方案，为什么？

7. 一开始的时候，孩子们可能发现很难贯彻那三条规则。最终他们成功了吗？从哪些地方能看出来？

8. 妈妈说她不会忘记这个假期，为什么？

9. 当你与别人合作的时候，改变你对他人说话的方式——用鼓励代替批评——会起到帮助作用。你怎么做才能培养这种积极的表达习惯呢？

10. 你是否有过这样的感受：团结合作比独立完成更好呢？请和大家分享一下你的经验。